그래도 부부니까 살지요.

_______________님께 드립니다.

양영지

우리 부부 괜찮은가요?

우리 부부 괜찮은가요?

양영지 글 | 이영환 그림

윤자네

다녀올게!

"여보, 미안해! 후딱 다녀올게!"

얼마나 급한지 남편은 신발도 제대로 꿰지 못한 채 현관을 나섰다.

화장대 앞에 앉아 있던 고미정은 그런 남편의 뒤꽁무니를 닭 쫓던 개 지붕 쳐다보듯이 멍하니 바라봤다.

남편은 오늘 고미정과 청평으로 드라이브 가기로 했었다. 그런데 사진 동호회에서 걸려온 전화를 받고는 부리나케 나가버렸다. 하얗게 눈 덮인 전나무 숲길을 찍으러 간다나.

늦게 배운 도둑이 날 새는 줄 모른다더니 남편은 지난해부터 배우기 시작한 사진에 빠져서 출사라면 열 일 제치고 나섰다.

화장을 하던 고미정은 들고 있던 분첩으로 얼굴을 거칠게 두드렸다. 만들어놓은 진흙 모형을 짓뭉개듯 아무렇지도 않게 약속을 깨버리는 남편이 생각할수록 야속하고 원망스러웠다.

한숨이 절로 나왔다. 아무리 분을 찍어 발라대도 얼굴엔 탄력도 없고 오늘따라 입가의 팔자 주름도 깊어 보였다. 거울 속에서 늙수그레한 여자가 입술을 비죽거리며 물끄러미 쳐다보고 있다. 언제 저렇게 늙어버렸을까?

제 앞가림 잘하는 딸과 사위, 군 생활 잘하고 있는 늦둥이 아들도 있지만 고미정은 요즘 왠지 가슴 한구석이 텅 빈 것처럼 자꾸만 허전했다. 그래서 남편이 드라이브 가자고 할 때 두 말 않고 나서던 참이었다.

'기가 막혀! 한두 번도 아니고.'

생각할수록 부아가 치밀었지만, 고미정은 애써 꾹 눌렀다. 어제오늘 일도 아니고 마누라 기분 따위는 아랑곳 않는 남편한테 애초 기대를 말았어야 했다.

그날 남편은 밤늦게야 들어왔다.

고미정은 남편의 기척에 홱 돌아누웠다.

남편은 카메라 가방을 내려놓고는 고미정 옆으로 다가와 앉았다. 그러고는 얼토당토않은 얘기를 툭 던지듯 꺼냈다.

"우리 여행 갑시다."

'흥! 미안하긴 한가 보네. 느닷없이 헛소리를 다 하고.'

고미정은 시답지 않게 생각하고 아무 대꾸도 안 했다. 언제 또 자기 맘대로 뒤집어버릴지 모르는데 장단 맞춰줄 필요도 없었다.

"올해가 당신 환갑이잖아. 환갑 여행 가자고."

환갑 여행?

고미정은 귀를 의심했다.

벌떡 일어나 앉아 남편을 쳐다보며 되물었다.

"방금 환갑 여행이라고 했어요?"

남편은 대답 대신 고개를 끄덕였다.

고미정은 너무 놀라서 입이 다물어지지 않았다. 이제껏 살면서 생일이니 기념일이니 하는 걸 챙긴 적이 없는 남편이다. 3년 전 남편 환갑 때도 딸 결혼과 겹쳐서 그냥 지나갔다.

"이참에 우리도 비행기 좀 타보자고."

남편이 진지하게 말했지만 고미정은 남편 환갑 때를 생각해서 애들하고 밥이나 먹자고 했다.

남편은 막무가내였다. 더 늙으면 가고 싶어도 못 간다며 빽빽 우겼다.

"무슨…. 요즘은 나이 칠십도 팔팔한 젊은 축에 속한다잖아요."

고미정이 던진 말에 남편이 정색을 했다.

"답답하네, 머리털도 다 빠지는데
팔팔은 무슨 팔팔이야?
그러다간 백 살, 이백 살 돼도 못 가!"

"머리털 빠진다고 못 간다는 게 말이 돼요? 도대체 어딜 가자고? 비행기 타고 제주도라도 가자는 거예요?"

"참나! 최소 동남아는 가야지! 환갑 여행이 무슨 애들 수학여행이야?"

남편이 버럭 소리를 질렀다.

오늘 출사 가서 뭔 일 있었나? 고미정은 남편의 눈치를 살폈다. 입을 꾹 다문 채 고미정을 쳐다보는 눈빛에서 진심이 느껴졌다. 고미정은 그래도 되는가 싶으면서도 내심 좋았다. 요즘 부쩍 몸도 마음도 축 처져서 어디라도 갔으면 싶긴 했다. 더 뻗대면 안 될 것 같아 못 이기는 척 말했다.

"그래요, 갑시다, 가!"

‘여행 갈 때 뭐가 필요할까?’

그날부터 고미정은 TV 여행 프로그램을 관심 있게 들여다보았다. 홈쇼핑도 그냥 지나치지 않았다. 어디든 떠난다는 생각에 처졌던 기분이 한껏 달뜨고 평범한 일상도 의미 있게 느껴졌다.

고미정은 청소를 하면서도 흥얼거리고, 설거지를 하면서도 어떤 옷을 입을까 무슨 모자를 쓸까 즐거운 고민을 했다. 행복한 여행을 꿈꾸는 며칠 사이에 눈도 트이고 마음도 넓어진 것 같았다.

느긋하게 앉아 홈쇼핑을 눈여겨보는 시간도 늘었다. 세상에서 가장 아까운 시간이 홈쇼핑 보는 시간이라 여겼던 고미정이다.

그런데 마침 고미정한테 딱 필요한 커다란 여행 가방을 소개하고 있었다. 고미정은 청소기를 돌리다 말고 아예 TV 앞에 앉았다. 전에는 가당치도 않았던 여행 가방을 쇼호스트들의 손짓과 목소리를 따라가며 혹시라도 중요한 내용을 놓칠세라 주의 깊게 들었다.

며칠 뒤 동창 신년 모임에 갔던 남편이 한껏 들떠서 들어왔다.

"여보, 내 단짝 형석이 알지? 구형석."

남편이 활짝 웃는 낯으로 다짜고짜 친구 구형석을 들먹였다.

"알죠. 근데 왜요? 그 사람하고 뭐 재밌는 일이라도 있었어요?"

"아, 글쎄 형석이네 마누라도 올해 환갑이래."

고미정은 진아 엄마를 떠올렸다. 부부 동반 모임에서 몇 번 만났던 진아 엄마는 싹싹하고 항상 밝은 모습이었다. 같은 나이라는데 말솜씨도 그렇고 옷차림이나 꾸미고 나온 모습이 고미정보다 어딘지 모르게 젊고 세련되어 보였다.

"형석이네도 환갑 여행 간답디다."

"어머! 그래요? 그 집도 우리처럼 남편 환갑을 제대로 못했나 보네!"

고미정은 활짝 웃었다. 갑자기 진아 엄마한테 깊은 동지애가 느껴졌다.

"아니야. 형석이는 자기 환갑에 동유럽에 갔었대. 그래서 마누라 환갑에는 가까운 데로 간다는 거요."

"그래요? 그 집 엄마는 여행 복도 많네."

고미정은 갑자기 김이 팍 새서 샐쭉거렸다. 어쩐지 세련돼 보인다 했다.

"그 집은 가까운 데 어디로 간대요?"

고미정은 자신들은 아직 어디로 갈지 정하지도 않았으면서 기분 좋아 떠드는 남편이 못마땅해서 퉁명스레 물었다.

"모임 끝나고 형석이와 둘이 술 한잔하면서, 3월 초에 같이 베트남 가자고 아예 결정하고 왔어. 다낭 어때?"

"어머! 다낭! 거기 봄에 여행하기 참 좋다던데."

이번에도 남편이 제멋대로 결정했지만, 토를 달지 않았다. 요 며칠 괜찮은 여행지 찾다가 많이 본 익숙한 지명이었다. 고미정은 알은체를 하며 손뼉까지 쳤다.

"진아 엄마 꽤 싹싹하고 괜찮던데, 같이 가면 정말 좋겠다. 아, 잘됐네요."

고미정은 다시금 진아 엄마에 대한 좋은 감정이 솟아났다.

한편으로는 진아 엄마와 함께 간다니 갑자기 마음이 조급해졌다. 진아 엄마한테 뒤지지 않으려면 여행 차림부터 신경 쓸 게 한두 가지가 아니다.

고미정은 장롱을 뒤졌다. 이것저것 다 꺼내놓고 보아도 마땅한 게 하나도 없었다. 그동안 번듯한 나들이옷 한 벌 없이 살았다 생각하니 절로 한숨이 나왔다.

고미정은 다음 날부터 당장 여행에 필요한 물건을 사려고 뻔질나게 쇼핑몰 나들이를 했다. 환갑여행 때 쓰라고 사위가 찔러준 돈도 있겠다, 비싼 메이커는 아니더라도 처지지 않는 것으로 골랐다.

모자니, 양말이니 소소한 것들을 준비하는데도 기분이 한껏 부풀었다. 신발 가게 가서는 오래 걸어도 발이 편할 신발을 골랐는데, 여느 신발보다 두 배나 비쌌다. 고미정은 신발을 들었다 놨다 하며 망설였다.

'이렇게 막 사도 될까?'

그동안은 화장품을 사도 샘플 많이 주는 거 고르고, 옷을 사도 유행 안 타는 걸 샀다. 그만큼 자신에게는 인색하게 굴며 알뜰살뜰 살았다.

그런 고미정이 여행을 간다. 그것도 해외로!

'돈도 써야 내 돈이야.
나니까 아끼고 아껴 이만큼 살게 된 거야.
고미정, 환갑에 그깟 신발 하나 못 사?
좋은 걸로 사!'

마음 한쪽에서 마구 부추겼다.

고미정은 내키는 대로 손이 갔다. 한 푼 허투루 쓰지 않던 고미정 고삐가 완전히 풀려버렸다.

드디어 여행 날이다!

아침 일찍부터 애들한테서 문자 메시지가 왔다.

장모님, 좋아하시는 과일 많이 드시고
장인어른과 건강하게 잘 다녀오세요.

엄마, 여행 처음 간 사람들이 잘 싸운대.
아빠랑 싸우지 말고 행복한 시간 보내고 와요.

"애는? 내가 언제 지 아빠랑 싸웠다고…."

고미정은 미소를 띤 채 중얼거렸다.

맏딸 지수는 눈치가 빨랐다. 고미정이 남편과 말다툼이라도 하면 금세 알아채고 탐문을 하곤 했다.

"안 싸웠어!"

"거봐, 싸웠네에. 뭣 때문일까? 멋없는 아빠를 그렇게 사랑하는 고미정 여사가아."

지수는 매번 엄마를 풀어주려고 애썼다. 고미정은 살가운 딸 지수가 친구 같기도 하고 동생 같기도 해서 언제나 든든했다.

"엄마가 이해해. 지는 게 이기는 거래요."

지수 덕분에 힘든 시간들도 잘 버텨왔다.

"먹고 자는 건 나라에서 해결해주니 눈곱만큼도 걱정 마시고 어머니, 아버지! 잘 다녀오십시오. 여긴 이 아들이 철통같이 지키겠습니다!"

군에 있는 아들과도 통화했다. 자기 걱정 안 하게 일부러 너스레 떠는 걸 보니 대견하기도 하고 마음이 짠했다.

"뭐 하고 있어? 여권 잘 챙겼나 확인하고, 공항에 세 시간 전에 도착해야 하니까 서둘러요."

남편이 현관에 자기 가방을 내놓으며 다그쳤다. 하여간 산통 깨는 데는 일가견이 있는 남편이다. 고미정은 가로질러 멘 가방에 얼른 핸드폰을 집어넣고 여행 가방을 끌었다.

새벽 출근하는 사람들 틈새로 여행 가방을 굴리며 가로질러 가는 발걸음이 가뿐했다. 공항버스를 기다리는 동안 쌀쌀한 바람도 상쾌했다. 해외여행 가는 느낌이 이런 거구나, 고미정은 두근거리는 가슴을 애써 눌렀다.

그런데 공항에 도착해서야 고미정은 남편 어깨가 허전하다는 걸 발견하고 발을 굴렀다.

“어머! 어떡해?”

“왜 그래? 여권 안 챙겼어? 내가 그렇게 챙기라고 말했잖아!”

남편은 놀라다 못해 까무러칠 듯 표정이 굳어졌다.

"아니, 그게 아니라 당신 카메라를 안 챙겼잖아."

"에이, 난 또 뭐라고! 요즘 누가 무거운 카메라를 들고 다니나? 핸드폰 사진도 잘 나오는데!"

고미정은 어이가 없었다. 사진 동호회에 들어간 뒤로는 화장실 갈 때 빼고는 가장 먼저 챙기는 게 카메라였다. 그런데 지금, 국내도 아니고 해외여행을 가는데, 그것도 환갑 여행인데, 카메라를 안 챙겼단다!

조막만 한 핸드폰 사진은 화소가 안 좋아서 멋이 없다는 둥 맛이 안 난다는 둥 귀에 딱지가 앉을 정도로 비웃던 사람이 아니던가!

남편이 찍어주는 멋진 사진을 기대했던 고미정은 너무 서운해서 자기도 모르게 실망스런 표정을 지었다. 그런 고미정의 마음을 아는지 모르는지 남편은 공항 여기저기를 두리번거렸다.

공항엔 사람들로 북적였다. 이 많은 사람들이 모두 비행기를 타러 왔다니 고미정은 속으로 놀라면서도 티 나게 두리번대는 남편이 못마땅해서 부루퉁한 얼굴로 서 있었다.

D

고미정이 결혼할 즈음에는 제주도가 으뜸 신혼여행지였다. 결혼할 때 남편이 우리도 섬으로 가자고 해서 당연히 제주도인 줄 알았다. 그런데 거제도였다. 고미정은 남편 형편에 제주도가 힘든가 보다 생각하고 말았다. 사실 거제도도 나쁘지 않았다. 이국의 정취가 물씬 풍기는 외도까지 갔으니까.

그런데 지금은 검소했던 신혼여행이 후회스러웠다. 차라리 그때 무리해서라도 비행기를 탔더라면 저리 촌스럽게 두리번대진 않았을 테니 말이다.

한동안 공항 여기저기를 두리번대던 남편이 가뜩이나 작은 눈이 보이지도 않을 정도로 가늘게 눈웃음을 지으며 손을 번쩍 치켜들었다.

"형석아! 여기야, 여기!"

"어, 그래. 일찍 왔구나!"

남편 친구 구형석도 남편만큼이나 해맑은 표정으로 다가와 인사를 나눴다. 진아 엄마는 이번 여행이 처음이 아닌 티가 팍팍 났다. 세련된 옷차림과 방글거리는 모습에서 어딘지 모르게 여유가 풍겼다.

"안녕하세요? 제수씨."

"인마, 형수지 왜 제수냐? 결혼도 너보다 내가 먼저 했는데."

제수라는 말에 남편이 친구 구형석을 툭 치면서 장난을 쳤다.

"야, 생일은 내가 빨라."

구형석이 남편을 샌드백 치듯이 서너 번 쳐대며 못을 박았다.

고미정도 반갑게 인사를 했다. 함께 여행 간다는 자체만으로 살갑게 느껴졌다. 목소리 톤도 절로 훌쩍 올라갔다.

둘러보니 공항에 있는 사람 치고 웃음기 없는 사람이 없었다. 모두 고미정과 같은 기분인 듯했다.

"지수 엄마, 환갑 여행 같이 가서 너무 좋아요."

진아 엄마가 고미정 팔짱을 끼며 말했다. 고미정은 진아 엄마 덕분에 남편한테 서운했던 것도 잊고 가라앉았던 기분도 살아났다.

시간이 되자 함께 여행할 사람들이 모여들었다. 모두들 들떠 있는 모습이다.

"여보, 비행기 타기 전에 우리 사진 좀 찍자."

구형석이 진아 엄마와 폼을 잡고 서서 셀카 봉을 치켜들었다.

찰칵! 찰칵!

이쪽저쪽 배경 삼아 사진을 찍어댔다.

"여보, 우리도 찍어요. 자기 공항에 처음 왔잖아. 응?"

고미정은 애교를 떨며 남편 팔짱을 꼈다. 하지만 남편은 무슨 못 할 짓이라도 한 양 얼른 팔을 잡아 뺐다.

"왜, 핸드폰 사진도 잘 나온다면서? 빨리 서봐요."

남편은 눈치도 없이 자꾸만 싫다고 했다. 고미정은 구형석 부부의 시선이 느껴져 너무 민망스러웠다. 하지만 남편은 표정 하나 바뀌지 않고 계속 고집을 피웠다.

"야, 다 모여봐. 여기서 우리도 찍자!"

여자들끼리 온 무리가 몰려서서 폼을 잡았다. 선글라스며 모자며 한껏 멋을 부린 차림이다. 시끌벅적 깔깔대며 찰칵찰칵! 찰칵! 경쾌한 소리만큼이나 신이 나 보였다.

고미정은 슬슬 남편한테 짜증이 나기 시작했다. 구형석 부부가 찰떡처럼 붙어 다니는 것도 거슬렸다. 비행기 안에서도 그들은 비행기에 비치된 여행 책자를 들춰보며 쉴 새 없이 속닥거렸다.

'무슨 할 말이 저리도 많을까?'

고미정은 상상할 수가 없었다. 30년 가까이 살았어도 몇 시간째 저렇게 붙어서 재미나게 대화한다는 건, 고미정 부부한테는 절대 불가능한 일이었다. 이야기는커녕 남편은 비행기 의자에 앉자마자 무슨 고시 공부라도 하는 양 신문만 들춰보고, 또 들춰가며 읽었다. 고미정은 하릴없이 창밖 구름에 시선을 주었다.

"다낭에 오신 걸 환영합니다!

'큰 강의 입구'라는 뜻의 다낭은 베트남에서 네 번째로 큰 도시이자 베트남 중부 지역의 최대 상업 도시입니다.

여러분, 한강이 서울에만 있는 줄 아셨죠? 여기 베트남에도 있습니다. 지금 우리가 지나가는 강이 바로 한강이며, 베트남 한강의 많은 다리 중에서 이곳 다낭의 용 다리가 최고 명물입니다. 일정에는 없지만 시간 내셔서 꼭 한번 건너보세요. 절대 후회하지 않으실 겁니다."

현지 가이드의 인사말을 들으면서도 고미정은 시큰둥했다.

해외여행에 대한 호기심이 사그라들 정도로 삭막하기 짝이 없는 남편이 거슬렸다. 고미정의 속도 모르고 남편은 너무나 평온한 얼굴로 가이드의 말을 경청하고 있었다.

넓은 도로의 건널목 앞에 오토바이 무리가 파도처럼 밀려들었다. 신호등이 바뀌자 길을 온통 메우고 서서 부릉댔다.

구형석은 오토바이 조심하라며 진아 엄마를 호위하듯 감싸고 걸었다. 꼭 어린아이를 다루듯 조심스럽고 자상한 몸짓이었다.

고미정은 금방이라도 덮칠 듯 으르렁대는 오토바이 떼를 보며 마음이 급해져 발걸음을 빨리했다. 혼자 앞서 가던 남편이 소리쳤다.

"뒤처지지 말고 어서 와!"

고미정은 허둥지둥 뒤따라가면서 여행 온 걸 후회했다. 고미정이 생각한 여행은 이런 게 아니었다. 지지고 볶고도 오래 산 부부답게 뜻 맞춰가며 서로 위해주는 그런 여행을 꿈꾸었다.

여유를 갖고 서로 어깨도 맞대고, 손도 잡고, 팔짱도 끼고 다니며 도란도란 시간을 보내리라 상상했다. 하지만 그건 절대 현실이 될 수 없는 환상이었다. 남편은 그럴 생각이 조금도 없어 보였다.

'집에서 새던 바가지야. 자상하길 바라는 내가 어리석지.'

고미정은 앞장서 가는 남편의 뒤통수를 흘겨보며 마음을 다잡았다.

'수십 년 그렇게 살던 사람이 밖이라고 뭐 달라지겠어?'

이래저래 고미정은 우울했다.

하지만 남편은 일행과도 잘 어울리고, 누군가가 웃기는 소릴 하면 웃어대고, 식사 때마다 먹성 좋은 거 티 내며 가리는 것 없이 잘 먹었다.

여기까지 왔으면서 아내를 배려해주지 않느니 하며 트집 잡았다가는 고미정만 속 좁은 여편네가 될 판이었다.

구형석은 남편과는 딴판이었다.

"진아 엄마, 이거 한번 먹어봐. 맛이 괜찮아."

언제 어디서나 진아 엄마를 살뜰히 챙겼다. 그럴 때마다 진아 엄마는 세상 행복한 표정을 지었다.

"진아 엄마, 여기 좋다. 우리 여기서 사진 찍자."

고미정은 가는 데마다 셀카 봉을 치켜들고 착 붙어 포즈 잡는 그들을 봐야 했다.

'참, 어지간하다.
저러다 저 진아 엄마 다 닮아버리겠네.'

진아 엄마가 부럽기도 하고 샘도 났다. 구형석이 진아 엄마를 챙길 때마다 남편이 점점 미워졌다. 그래도 고미정은 마음 고쳐먹고 남편을 다시 한번 잡아끌었다.

"환갑 여행이니 우리도 좀 찍읍시다."

"됐다니까. 환갑쟁이니까 당신이나 찍어 줄게. 어서 가서 서봐."

“됐어요!”

끝까지 고집을 피우는 남편을 보자니 울화가 치밀었다. 더 이상 뭔가를 요구했다가는 딸 지수 말대로 첫 여행에 대판 싸우게 생겼다.

언제부터인가 남편은 버스 안에서도 따로 앉았다.

“날도 덥고 자리도 넉넉한데 뭐하러 붙어 앉아? 자기도 편하게 가.”

‘정말 제멋대로야. 저이가 원래 이 정도였나?’

고미정은 기가 차서 할 말을 잃고 말았다.

차라리 친구들끼리 다니는 게 훨씬 좋아 보였다. 일행 중에 여섯 명이 함께 온 팀이 있는데 인천 공항에서부터 고미정을 부럽게 했다. 그들은 여고 동창으로 올해 환갑 기념 삼아 함께 왔다고 했다. 고미정과 같은 용띠이자 또래인데 다른 행성에서 온 듯 모두가 활기차 보였다.

그날 여행 막바지에 가이드가 라텍스 침구 상품을 소개했다.

"이번에 새로 나온 라텍스 이불은 최곱니다. 정말 얇고 가벼운 데다가 사철 쓸 수 있고, 무엇보다 베트남 라텍스가 세계에서 품질이 이겁니다."

가이드는 엄지손가락을 척 치켜들었다. 모두 가이드의 엄지손가락을 쳐다보았다.

"잠시 뒤에 내려가서 보겠습니다. 질문 있으신 분?"

가이드의 말이 끝나기가 무섭게 여기저기서 라텍스에 대한 질문이 쏟아졌다. 가이드가 친절하게 설명했다. 설명을 들을수록 귀가 솔깃해지고 호기심이 생겼다. 고미정도 눈을 말똥거리며 그의 설명에 몰두했다.

"여보."

남편이 슬금슬금 고미정 옆으로 와서 앉았다. 고미정은 남편도 라텍스에 관심이 있는 줄 알고 내심 기뻐 남편 쪽으로 몸을 기울였다.

평소 남편은 자기가 궁금한 것이 있으면 고미정한테 대신 물어보게 했다. 고미정은 남편이 어떤 질문을 시키려나 생각하며 남편을 쳐다보았다. 남편이 바짝 다가와 조곤조곤 나직하니 귓속말을 했다.

"당신, 절대 저거 살 생각 마.
난 라텍스 같은 거 안 덮어."

순간 고미정은 뒤통수를 세게 얻어맞은 것 같았다. 남편이 굳이 말하지 않아도 고미정 역시 절대로! 눈곱만큼도! 살 생각이 없었다.

"왜? 난 살 건데?"

생각지도 않은 말이 튀어나와 남편 얼굴에 훅 뿜어졌다. 남편이 눈을 동그랗게 뜨고 말까지 더듬으며 말렸다.

"이, 이 사람이! 그, 그거 한국에도 좋은 거 많아."

"많으면 뭐해욧? 구경도 못했는데?"

그러는 사이 모두 버스에서 내렸다.

넓은 매장에 들어서자마자 남편은 고미정을 잡아끌며 막았다. 아예 만지지도 못하게 하고 구경도 못하게 했다.

"와, 얘들아. 이거 얇고 가볍고, 너무 좋다! 진짜 여름에도 덮을 수 있겠어!"

여고 동창 팀은 깔깔대며 라텍스 이불을 덮고 드러눕기도 하고 생전 처음 들어보는 바디필로우라는 것을 다리 사이에 끼고 뒹구는 시늉도 했다.

"진아 엄마, 이거 어때?"

구형석도 라텍스에 푹 빠진 듯 진아 엄마와 가격도 흥정하며 이것저것 만져보았다.

고미정은 남편을 홱 뿌리쳤다. 그러고는 구형석 부부한테 착 붙어 함께 상품 설명도 듣고 가격 흥정하는 것도 지켜보았다.

“이거 주세요.”

그러고는 보란 듯이 라텍스 이불을 주문했다.

‘흥, 쇼핑도 여행의 일부야!’

남편은 못마땅한 듯 굳은 표정으로 한숨을 쉬더니 뒤돌아 매장 한쪽 나무 의자에 가서 앉았다. 고미정은 콧방귀를 뀌며 그런 남편을 애써 외면했다.

다시 버스에 올랐다. 고미정은 남편한텐 눈길도 주지 않았다.

'흥! 환갑도 넘어가는데
언제까지 남편 눈치 보고 살 거야?'

일행들을 보니, 남편이 몰라도 한참 모르는 것 같았다. 다들 여자들이 나서서 결정하고 남편들은 그 결정에 따랐다.

진아 엄마만 해도 뭐든 맘대로 하고 사고 싶은 것도 척척 샀다. 라텍스도 이불은 물론이고 베개며 U자 모양의 바디필로우도 샀다. 베트남 오기 전에 라텍스에 대해 미리 알아보고 왔다니 고미정은 그저 놀랄 뿐이었다.

그런 진아 엄마가 좋다고 사니 그냥 지나칠 수 없었다. 남편 때문에 오기가 발동한 것도 한몫했다. 고미정 자신도 몰랐던 오기다.

"기어코 샀어? 그게 한국 날씨에 맞는 줄 알아? 가이드도 다 장삿속이라고."

남편이 구시렁거렸지만 고미정은 못 들은 척 입을 꾹 다물었다.

'장삿속이거나 말거나 산 걸 어쩌겠어? 마르고 닳도록 잘 쓰면 되지.'

버스가 출발하자 고미정은 온몸이 녹작지근하니 피곤이 몰려왔다. 두어 시간 라텍스와 남편 때문에 신경을 곤두세워서 더 그런 것 같았다. 눈꺼풀이 무거워지고 가이드의 목소리가 점점 아스라이 멀어지면서 자장가가 되었다. 그러다 까무룩 잠이 들었다.

남편이 툭 치는 바람에 깜짝 놀라 눈을 떴다.

둘러보니 모두들 내리고 있었다.

그날 숙소에서 고미정은 남편과 말다툼을 했다.

"당신은 왜 그렇게 제멋대로야?"

"기가 막혀, 적반하장도 유분수지. 누가 누구더러 제멋대로래요?"

"보란듯이 내 말을 무시하고 말이야."

"따지고 보면 당신이 먼저 날 무시한 거 알아요? 자기 멋대로 하고! 또 그깟 사진 찍는 게 뭐 벼슬이라고, 나랑 사진 찍으면 어디가 덧나!"

"나는 그냥 사진 찍기 싫은 사람이야."

싫다는데 왜 자꾸 조르냐며 붉으락푸르락 시동거는 남편과 더 이상 같이 있고 싶지 않았다.

"으이구! 답답해. 말도 안 통하는 사람이랑 여행 온 내가 미쳤지!"

고미정은 호텔 방을 나와 그길로 밖으로 뛰쳐 나갔다. 너무 속상해서 눈물이 주르르 흘러내렸다. 당장이라도 집으로 가고 싶었다.

홧김에 호텔을 나왔지만 딱히 갈 데가 없었다. 길을 꽉 메우던 오토바이들도 뜸했다. 그렇다고 이대로 다시 들어가긴 죽기보다 싫었다. 어디든 갈 생각으로 택시가 줄지어 있는 데로 갔다. 낮에 보았던 마트라도 갈 생각이었다.

내가 뭐하러 여기까지 왔을까?

"어디 가게요?"

막 택시 문을 열려는데 익숙한 소리가 들렸다. 여고 동창 팀이었다. 그들은 간단한 운동복 차림이었다.

"아, 네. 답답해서 바람 좀 쐬려고요. 어디들 가세요?"

"마사지 가요. 같이 갈래요?"

마사지라니? 이건 또 무슨 딴 세상 소린가?

고미정은 마침 잘됐다 싶어 따라나섰다.

같은 나이에 같은 곳에 여행 와서 고미정과는 전혀 다르게 즐기는 그들이 무척 부러웠다. 그들은 다낭에 온 첫날부터 마사지를 받았다고 했다.

따끈따끈 달궈진 검은 조약돌로 전신을 마사지 받자 그간의 스트레스와 피로, 남편에 대한 미움까지 싹 풀리는 듯했다.

추위를 잘 타는 고미정은 더운 베트남에서도 어딜 가나 빵빵하게 틀어놓은 에어컨 때문에 꽁꽁 싸매기 바빴다. 얼어버린 몸과 마음이 스톤마사지로 사르르 녹아내리는 기분이었다.

여고 동창들은 마사지 받는 내내 내기라도 하듯이 멀리 한국에 있는 남편 흉을 보며 깔깔댔다.

"우리 남편은 찜질방이면 됐지 뭐하러 마사지까지 다니냐고 그래."

"다행이다 얘. 네 남편 마사지 맛 들였다가 이런 데까지 따라다니면 어떡하니?"

"우리 남편은 점점 잔소리도 많아지고 고집도 세져. 네 남편은 안 그래?"

"안 그러긴? 듣기 싫지만 억지로 듣는 척해줘."

"맞아, 들어줘야 해. 삐친 거 비위 맞추긴 더 속 터져. 내다 버릴 수도 없고."

"그러니까. 먹기 싫은 음식은 훽훽 내다 버리기라도 하지만, 여태 자식새끼 먹여 살리느라 함께 고생한 남편은 그럴 수 있나. 그냥 잘 모시고 살아야지. 안 그래요, 용띠 동지?"

"네, 맞아요. 다 똑같네요."

고미정한테는 훽훽 버릴 수 없는 게 또 있었다.

얼마 전 잠깐 외출했다가 들어온 날이 문득 생각났다. 남편이 양복을 입고 구부정히 서서 화장대 거울을 들여다보고 있었다.

"어디 결혼식이라도 가요?"

남편은 누구 결혼식이 있을 때면 하루나 이틀 전에 양복을 꺼내 입어보곤 했다.

“아니, 그냥 한번 입어보는 거야.”

남편은 앞태 뒤태를 비춰보고는 붕 뜬 양복 어깨를 꾹꾹 눌렀다. 어깨가 헐렁하게 처지고 기장도 엉덩이 아래까지 푹 덮였다.

색깔도 바래고 디자인도 구닥다리가 되었지만, 결혼 때 입었던 양복이다. 바싹 작아진 남편이 옷 속에서 놀았다.

옷 정리할 때면 남편은 다른 옷은 다 버려도 그 양복은 기어이 못 버리게 했다. 그러면서 고미정이 없을 때 한 번씩 입어보는 듯했다.

"그땐 꽤 괜찮았는데…."

거울 속 남편은 번들거리는 이마에 성성해진 머리칼을 몇 번 쓸어 넘기며 중얼거렸다.

고미정은 헐렁해진 양복을 입은 남편 모습이 떠올랐다. 가슴이 짠해졌다.

'어머낫! 웬일이래?'

호텔 로비에서 남편과 마주쳤다. 남편은 얼빠진 얼굴을 한 채 놀란 눈으로 고미정을 쳐다봤다.

그런 남편을 보고 고미정이 더 놀랐다. 택시 타고 오간 시간하고 마사지 받은 시간을 합하면 세 시간이 훨씬 넘었다. 어딜 가나 등만 대면 코 골고 자는 사람이라 세상 늘어져 자고 있을 줄 알았다.

"이 사람이 연락도 없이!"

남편이 냅다 소리를 지르려다가 참았다.

"어머! 우리랑 같이 마사지 받고 왔는데 모르셨나 봐요."

"아, 네…."

남편이 금세 표정을 풀며 머쓱해했다.

"저, 그럼 안녕히 주무세요."

남편을 살피던 여고 동창들은 뭔지 다 알겠다는 듯이 서둘러 인사를 하고는 계단을 올라갔다. 뒤이어 소곤소곤 킥킥거리는 소리가 계단을 타고 내려왔다.

고미정은 아직도 화가 안 풀어졌다는 듯이 쌩하니 방으로 들어갔다.

"바락 화를 내며 나간 사람이 한참이 지나도 안 들어오니 잠을 잘 수가 있나…."

남편은 방과 로비를 오르락내리락 왔다 갔다 여기저기 찾아다니다가 안내 데스크에 물어보았단다. 어쩌면 일행과 같이 나갔을지도 모르니 기다려보라는 소릴 듣고 여태 기다렸다나.

고미정은 피식 웃음이 났다.

"겁은 나나 보네? 그렇게 잠도 잘 자는 사람이."

"잠도 마음이 편해야 자지."

고미정은 미웠던 감정이 풀렸지만 일부러 티 내지 않았다.

“그러니까 있을 때 잘하라고!”

잠자리에 들어 이불을 뒤집어쓰며 윽질렀다.

하긴 이런 상황에 남편이 잠이나 자고 있었다면 화가 더 났을지도 모른다.

‘이제부턴 나도 나를 좀 챙기며 살 거야.’

금세 익숙한 코 고는 소리가 들렸다.

어느새 여행이 다 끝나갔다.

오늘은 마지막 날이라 일정이 더 일찍 끝났다. 고미정은 가방을 싸려고 옷가지들을 모두 꺼내놓았다.

여행 가자고 한 날부터 하나하나 설레는 마음으로 장만한 것들이었다. 이제는 뱀이 허물 벗어놓은 듯 후줄근해진 것이 꼭 고미정 마음 같아 보였다.

"여보, 짐은 이따 싸고 우리
용 다리 건너갔다 오자."

용 다리는 가이드가 다낭의 최고 명물이라던 그 다리다. 호텔이 외곽에 있어서 4박 5일 일정 동안 용 다리 앞을 몇 번이나 지나다녔는지 모른다.

'다리'라는 말에 고미정은 옛날 생각이 떠올랐다. 결혼 전 일이다.

"우리 한강 다리 건너갈래요?"

고미정의 말에 남편은 대뜸 거기 뭐 볼 게 있다고 가느냐며 다리가 아파서 싫다고 단번에 잘랐다.

'멋대가리 없는 걸 그때 눈치챘어야 했는데….'

그때 한강 다리는 지금과는 다른 운치가 있었다. 다니는 차도 별로 없어서 연인들이 손잡고 걸을 만했다.

고미정은 그때가 생각나 어깃장을 놓았다.

"뭐 볼 게 있다고 용 다리를 건너요? 지금은 육십 넘어서 내 다리가 아파 싫어요."

"내일 한국 가면 용 다리 건너고 싶어도 못 건너."

"못 건너면 말지! 왜 갑자기 용 다리 타령이야? 옛날에 한창 팔팔할 땐 한강 다리도 싫다던 양반이. 그렇게 가고 싶으면 당신이나 가요!"

그렇게 버팅기며 싫다고 하는데도 남편은 기어코 함께 용 다리를 건너야겠다며 고집을 부렸다.

그런 남편을 보자 고미정은 문득 자기가 사진 안 찍겠다며 고집부리는 남편과 별반 다를 게 없다고 느껴졌다. 여고 동창들 말처럼 삐친 거 풀어주는 것보다 차라리 들어주는 게 낫지 싶었다.

'그래, 내가 져준다. 지는 게 이기는 거라니까.'

고미정은 기분이 언짢은 채로 택시를 타고 남편을 따라나섰다. 오늘 마지막으로 둘러보았던 작은 박물관 앞에 택시를 세웠다.

오토바이와 차들이 쌩쌩 지나가는 사거리를 겨우겨우 건너서 용 다리에 들어섰다. 용 꼬리 부분이었다. 다리 건너 쪽이 용 머리다.

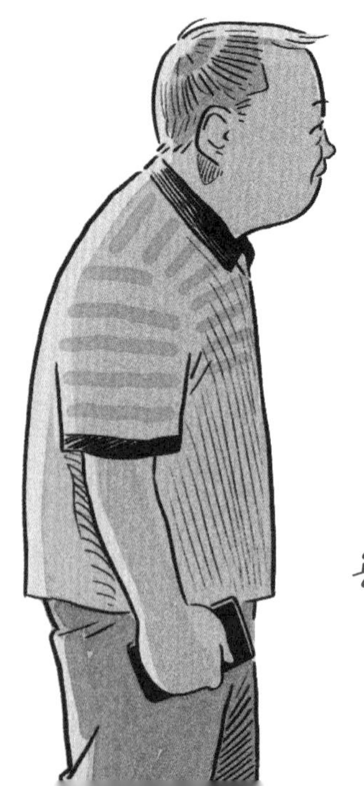

“아유!”

고미정 입에서 짜증 섞인 소리가 절로 나왔다. 날도 후텁지근하고 매연으로 공기도 나빴다.

용 다리를 건너면…,

이 많은 오토바이와 차들이 쌩쌩 지나가는 데를 건너자고 우기다니, 정말 참을 수가 없었다.

"이럴 거면 마스크라도 준비했어야지!"

듣기 싫어욧!

여태 혼자 여행 온 것처럼 굴더니 싫다는 사람 억지로 끌고 나오는 건 무슨 심보람! 고미정은 남편이랑 앞서거니 뒤서거니 걷는 게 싫었다.

"에잇, 내가 라텍스만 안 샀어도 절대 같이 오지 않는 건데 그거 산 값으로 와준 줄 알아욧!"

고미정은 큰 소리로 궁싯거리고는 손바닥으로 코와 입을 틀어막았다. 그러고는 휙 앞질러 갔다. 뒤에서 남편이 용 다리가 어쩌고 했는데 소음 때문에 하나도 들리지 않았다.

"개도 안 물어 갈 똥고집, 저 용 다리 밑에다 던져버려욧! 한국까지 가져갈 생각 말고!"

고미정은 돌아서서 한 번 더 소리를 냅다 지르고는 씩씩거리며 걸었다. 지나가던 사람들이 고미정과 남편을 흘끔흘끔 쳐다보았다.

'강물도 탁하니 맑지도 않구만 이런 데가 뭐가 볼 게 있다고. 두고 봐라!'

다시는 남편이랑 여행 따위 절대로 안 다니겠다고 다짐했다.

용 다리 거의 끝으로 가다보니 용 머리가 보였다. 그쯤에 다리 아래로 난 계단이 있었다.

용 머리 부분은 삐죽삐죽 웅장하게 장식되었고, 용의 눈알은 하트 모양으로 되어 있었다. 그러고 보니 용 다리에 들어설 때 하늘로 치올라간 꼬리 부분에도 하트 장식들이 붙어 있었다. 온갖 하트들이 요란하게 달린 다리를 건너자니, 고미정은 이질감을 느꼈다.

"덩치에 안 어울리게 하트야?"

고미정은 이기죽거리며 계단을 내려갔다. 다리 아래에는 무리를 지어 기타 치고 노래하는 청년들, 난간에 기대어 도란거리는 연인들, 삼삼오오 모여 강물을 바라보는 사람들로 복작거렸다.

고미정은 계단을 쿵쿵쿵 내려섰다. 수많은 인파와 탈것들이 만들어내는 다낭의 활기와 들뜬 분위기가 고미정을 더 외롭게 만들었다. 혼자만 소외되고 버려진 것 같아 울컥 서러운 마음이 밀려왔다. 다 남편 때문이다.

"어!"

고미정은 깜짝 놀랐다. 언제 왔는지 여고 동창팀이 있었다.

"어서 와요! 여기 용띠 아지매들 다 모였어요!"

그들은 고미정을 보자 손을 흔들며 소리쳤다.

여행은 저렇게 마음 맞는 사람들끼리 해야 하는데…. 고미정은 이제부터 그러기로 했다. 이번 여행을 통해 깨달은 게 많았다. 여행을 안 왔다면 몰랐을 것들이다.

고미정은 얼른 표정을 풀고 그들에게 다가갔다.

"왜 친구 분은 같이 안 왔어요? 그 남편 분이 엄청 애처가시던데."

"맞다. 그분도 용띠라고 했죠?"

여고 동창들이 번갈아 물었다.

"아, 진아 엄마요? 그런데 용띠가 왜요? 나도 용띤데?"

고미정이 의아해서 되물었다.

"그래서 지금 여기에 온 거 아니에요? 어머, 모르셨나 보네. 우린 가이드 말을 찰떡같이 믿고 온 건데."

말이 끝나기 무섭게 여고 동창들은 뭐가 그리 웃기는지 또 와르르 웃었다. 무슨 말인지 고미정은 도무지 알 수가 없어 어리둥절했다.

그사이 곁에 온 남편이 슬쩍 귀띔해줬다. 고미정이 버스에서 깜빡 잠들었을 때 가이드가 그랬단다. 용띠가 이 용 다리를 건너면 보나마나 부부 금실이 좋고, 설사 나빴던 사람도 확실히 좋아진다고. 그러니 한국 가기 전에 용띠들은 꼭 용 다리를 건너가보라고.

"부부 금실이라면 진아네를 따를 사람들이 없지. 거기서 금실이 더 좋으면 어떡하라고."

고미정이 남편 들으라는 듯 말했다. 남편이 피식 웃었다.

"그렇잖아도 용 다리에나 같이 가자고 했지."

그런데 가이드 말을 믿냐면서 진아 엄마와 한국 마트에 갔다는 것이다.

"그래요? 거긴 그래도 돼."

하트 가로등 때문일까? 고미정은 어느새 남편의 말에 맞장구를 치고 있었다.

날이 어스름해지고 강바람은 더 축축해졌다. 거리에는 하나둘 가로등 불이 켜지면서 또 다른 다낭의 모습이 살아나기 시작했다. 점점 밤이 깊어지고 멀리 보이는 한강의 다리들도 저마다 휘황찬란하게 번쩍였다.

용 다리도 연신 갖가지 색깔로 변하면서 사람들의 눈길을 사로잡았다. 때문인지 고미정은 점점 마음이 느긋해지고 주변 풍경들이 눈에 들어오기 시작했다.

가까이 건너다 보이는 까쨉호아롱이라는 공원에 용의 머리와 물고기의 꼬리 모양을 한 분수대가 있었다. 여기서는 용두어신이라고 한단다. 그 용의 입에서 하얀 물줄기가 쉴 새 없이 강으로 뿜어져 나왔다.

공원 안에는 홍시처럼 빨간 하트 모양 가로등이 줄줄이 늘어서 있다. 도시가 온통 하트로 물들고 있었다.

그사이 흥겨운 노랫가락이 흘러나오는 유람선들이 용 다리 근처로 몰려와 섰다. 유람선마다 사람들이 선창가에 나와 서서 용 다리를 쳐다보았다.

용 다리 근처도 사람들이 속속 모여들면서 차들이 통제됐다.

다리 아래에 있던 고미정은 남편과 함께 용 다리가 잘 보이는 곳으로 올라갔다. 곧 쇼가 시작된다고 했다. 남편의 팔짱을 낀 고미정은 어릴 적 처음으로 극장에 갔을 때, 만화영화가 시작되길 기다릴 때처럼 가슴이 두근거렸다.

용 다리는 마치 커다란 용이 노랗게 빨갛게 파랗게 변하면서 강을 힘차게 가로지르는 것 같았다. 사람들이 웅성거리는 사이 드디어 용이 입으로 불을 확확 뿜어냈다. 고미정의 입에서도 환호성이 절로 터져 나왔다.

"어머! 꼭 용이 살아 있는 것 같아!"

몇 번 불을 토해내던 용은 그 뒤로 거친 물보라를 일으키며 물줄기를 뿜어댔다.

와앗! 와앗! 용이 불과 물을 토할 때마다 고미정도 남편에게 쌓인 거친 감정을 다 토해내는 것처럼 소리를 질렀다.

'이래서 그런 소릴 했나? 정말 금실 좋아지게 생겼네.'

그런 생각을 하면서 고미정은 힐끗 남편을 쳐다보았다. 남편도 같은 감정을 느꼈는지 팔짱을 끼고 있는 고미정을 살짝 끌어당기며 활짝 웃었다.

돌아오는 길에 야시장 주점에 들렀다. 그곳도 여지없이 젊은 연인들과 관광객들로 붐볐다. 어깨가 부딪힐 정도로 혼잡했지만 시장 특유의 생동감이 기분을 들뜨게 했다.

그 틈바구니에 고미정도 남편과 함께 자리를 골라잡고 앉았다.

"봐, 좋잖아?"

잔을 부딪치며 남편이 물었다.

"뭐가?"

"용띠인 당신과 용 다리를 건넜으니 우리 금실은 좋은 거지."

맥주 한 모금을 입에 물었던 고미정은 하마터면 남편 얼굴에 뿜을 뻔했다. 억지로 참다가 사레가 들려 켁켁거렸다.

"그걸 믿어요? 우리가 무슨 금실이 좋다고…."

"이만하면 좋은 거 아닌가?"

부부 금실이라니, 고미정은 어처구니가 없었다. 그런 말은 구형석 부부한테나 어울린다.

"칫! 비행기 타고 한국 가면 이런 얄따란 금실 같은 거 다 잊어버릴걸? 기억력도 점점 사라지는 판에."

"하, 이 사람. 내가 그럴 줄 알고 준비했지!"

남편은 무슨 비장한 무기라도 꺼내는 것처럼 주머니에 손을 넣었다.

"자, 봐! 절대 잊어버리지 않을 거야."

잔뜩 기대를 하고 있는 고미정 앞에 그 무기가 펼쳐졌다. 핸드폰이었다.

남편은 의기양양한 표정으로 갤러리 화면을 열어 보여주었다.

"어머! 당신 이거 언제 찍은 거야? 우리 너무 자연스럽다."

고미정은 옆자리까지 들릴 정도로 큰 소리로 말했다.

언제 찍었을까, 사진에는 중년 부부의 중후하면서도 과하지 않은 다정한 모습이 담겼다. 줄기차게 고집부리며 사진 찍기 싫다던 남편이 아니던가. 고미정은 가슴이 뭉클했다.

"내 환갑이라고 서프라이즈 한 거예요? 여보, 당신 멋져! 당신이 이런 사람인 줄 몰랐어."

고미정이 애교스런 눈빛을 보내며 손가락으로 하트까지 만들어 보였다. 그렇잖아도 넘쳐나는 용다리 하트 장식에 고미정의 하트까지 더해졌다. 고미정은 여느 다정한 연인들처럼 남편 어깨에 기대며 활짝 웃었다.

“다낭은 환갑쟁이들도 젊게 만드나 봐!”

호들갑 떠는 고미정을 보고 남편은 겸연쩍어하며 손사래를 쳤다.

“아, 나 아니야….”

“엥? 뭐가 아니야? 이거 당신 맞잖아요.”

“그게 아니고, 이 사진 형석이가 보낸 거야.”

순간 고미정의 하트가 뭉그러져 내렸다.

남편이 사진을 하도 안 찍겠다고 하는 걸 보고 친구 구형석이 어느 틈엔가 고미정 부부의 모습을 찍어 보냈다는 것이다. 그럼 그렇지. 어쩐지 웃는 모습은 없고 그냥 밍밍하게 둘이 서 있거나 앉아 있는 사진들만 있더라니.

고미정은 그걸 중후하고 과하지 않은 다정함으로 본 자신의 눈이 원망스러웠다.

'눈이 삐도 한참 삤지.'

남편은 이래서 탈이다. 그냥 입 다물고 넘어갔으면 좋았을 것을. 솔직하지 말아야 할 때 너무 솔직해서 김이 새게 만들었다. 들뜬 기분을 무 자르듯 정리하는 게 딱 남편다웠다.

"이건 어때?"

남편이 또 다른 사진을 보여줬다.

고미정이 어금니가 다 드러날 정도로 활짝 웃고 있었다. 하지만 고미정은 시큰둥한 표정으로 대꾸도 안 했다.

남이 찍어 보낸 사진들이나 수두룩 담긴 남편의 핸드폰이 꼴도 보기 싫었다. 눈치 없는 남편은 입을 꾹 다물고 있는 고미정한테 사진을 자꾸 들이밀며 장난스레 치근댔다.

"어떠냐고! 응?"

"내 사진 다 지워버리라고 해요!"

고미정은 용이 불을 뿜듯 버럭 신경질을 냈다.

"자기 부인한테나 잘할 것이지 남까지 신경 쓰고 그래."

"무슨 소리 하는 거야?"

"자기 친구 말예요. 왜 나를 찍고 난리냐고. 내가 무슨 연예인이야?"

고미정은 남편 친구까지 미워져 소리를 질렀다.

고미정 여사 낮잠 컷

"이건 내가 찍은 거야. 이 사람아."

뭐라고? 고미정은 찡그렸던 미간을 펴고 남편 핸드폰을 다시 들여다보았다.

"아까 여고 동창들과 깔깔댈 때야. 당신도 한 팀 같던데? 괜찮지 않아? 진짜 지워버려?"

웃고 떠드는 고미정 여사

남편은 득의만만한 표정을 지으며 그동안 찍은 것들을 보여줬다.

“나니까 이런 각도를 잡을 수 있는 거야. 이것 봐, 이거. 실루엣만 나온 게 환상이지 않아?”

쇼핑하는 고미정 여사

말마따나 눈앞에 펼쳐진 사진에는 남편의 노력과 마음이 그대로 담겨 있었다.

노을 감상하는 고미정 여사

"그러게, 카메라 들고 맨날 사진 찍으러 다니더니 다 작품이네!"

언제 찍었는지 마음에 드는 사진들이 꽤 많았다.

남편과 이렇게 머리를 맞대고 뭘 오래 같이 보는 것도 얼마만인지, 고미정의 마음이 봄빛에 눈 녹듯 녹아내렸다.

"뒷배경도 그렇고 멋지게 잘 찍었네. 그런데 왜 당신은 나랑 같이 안 찍는 거예요?"

고미정이 남편을 똑바로 쳐다보며 물었다.

"난 이제 사진 같은 거 찍기 싫어. 나 말고도 찍을 게 얼마나 많은데."

"딴소리 말고. 왜 나랑 안 찍냐고요. 나! 랑!"

고미정이 가슴을 치면서 남편을 다그쳤다.

한동안 고미정을 쳐다보던 남편이 번들거리는 이마를 뒤로 쓸어 넘기며 말했다.

"이 사람아, 당신이랑 안 찍는 게 아니라 내 대머리를 안 찍으려는 거야. 사진 다 망치잖아."

그러고 보니 남편은 그동안 은근히 머리에 신경을 쓰고 있었던 것 같다. 어울리지도 않는 모자를 사다가 몇 번 쓰지도 않고 던져놓고, 정수리에 얼마 안 남은 머리카락들이 어떻게 될까 봐 거울 앞에서 애면글면하는 것도 여러 번 봤다.

고미정도 나이 먹으니 머리카락이 점점 가늘어지고 숱도 줄고 있는 터라 으레 그러려니 했다. 나이 먹었으니 어쩔 수 없는 일 아닌가.

그렇지만 남편은 그게 아닌 모양이었다. 점점 사라지는 머리카락 때문에 사진 찍는 걸 피했던 거였다.

“당신 그렇게 대머리 대머리 하다가는 살아생전에 사진 한 장 못 찍어요!”

그 소리에 남편이 눈을 크게 뜨고 고미정을 쳐다보았다.

"생각해봐요. 앞으로 우리가 살아갈 많은 날 중에서 당신 머리숱이 젤 많은 날이 오늘이고, 또 오늘이 우리들의 젤 젊은 날인 거잖아. 내 말이 틀렸어요?"

남편이 눈을 끔벅이며 듣더니 콧구멍까지 벌름거렸다.

"맞아, 그렇긴 하지. 똑똑한데 우리 마누라!"

"여보, 당신은 지금도 충분히 괜찮아요."

남편이 결혼식 때 입었던 양복을 꺼내 입고 거울을 들여다보면서 '그땐 꽤 괜찮았는데….' 하고 읊조리던 게 떠올랐다. 그게 남편이 숱 많던 시절의 자기 모습을 두고 한 말이란 걸 고미정은 이제야 깨달았다.

자존심 강한 사람이 점점 작아져가는 자신의 모습을 받아들이기 쉽지 않았으리라. 30년 가까이 살을 맞대고 산 아내한테도 그 모습을 감추려고 애쓰다니, 고미정은 그런 남편이 안쓰러웠다.

고미정 말이 통했는지, 남편이 핸드폰을 높이 들고 셀카 모드로 전환했다. 경쾌한 소리가 났다.

"찰칵!"

고미정은 핸드폰에 찍힌 남편 사진을 보며 호들갑을 떨었다.

"어디 봐요. 오, 잘 나왔네! 이것 봐요. 얼굴에서 여유로운 중년의 멋이 뿜어 나오잖아."

연신 퍼붓는 고미정의 아부에 남편이 헤벌쭉이 웃었다.

"여보, 이쪽으로도!"

고미정은 진아 엄마처럼 머리도 매만지고 한껏 다정하게 남편 어깨에 기대어 폼을 잡았다.

"찰칵! 찰칵! 찰칵!"

그동안 남편 때문에 언짢았던 것들이 싹둑! 싹둑! 싹둑! 끊어져나가는 것 같았다.

오늘이 우리들의 젤 젊은 날이야!

술 한잔 걸쳐서인지 기분이 아주 좋아졌다.

"여보, 같이 가요!"

택시에서 내린 고미정은 남편 팔짱을 꼈다. 호텔 정문을 거쳐서 객실 복도로 걸어가면서도 흥얼거렸다. 다낭으로 여행 오길 정말 잘했다는 생각이 물씬 들었다.

다시 연애하는 기분에 한껏 젖어들고 있던 참이었다. 복도 맞은편으로 구형석 부부가 눈에 들어왔다.

"마트에서 이제 오시는 거예요?"

고미정은 들뜬 목소리로 반갑게 인사했다. 그러고는 무척 부럽다는 말투로 한마디 더 얹었다.

"어머! 뭘 이렇게 많이 사셨어요?"

그러나 고미정은 거기서 그런 참견을 하지 말았어야 하는 걸 곧바로 알게 되었다.

"그러니까요. 참나! 이걸 다 가방에 어떻게 넣겠다는 건지."

구형석은 고미정이 그렇게 말해주기를 기다렸다는 듯이 들고 있던 보따리를 흔들며 복도가 울릴 정도로 투덜댔다. 농담이 아니었다.

고미정은 깜짝 놀라서 얼른 남편의 팔짱을 빼고 진아 엄마의 표정을 살폈다. 진아 엄마는 쌜쭉한 표정으로 구형석을 째렸다.

'어머나!'

고미정은 그 부부의 이런 모습이 너무 낯설었다.

'부부 금실은 구형석과 진아 엄마'라는 공식이 깨지고 있었다.

잠깐 동안 남편과 기분 좀 냈다고 금세 이런 시련이 다가오다니.

"어머, 미안해요. 제가 괜히 그, 그런 말을…."

고미정은 뭘 어떻게 해야 할지 몰라 안절부절못했다.

"야, 너 왜 그래?"

남편도 놀라서 친구를 말렸다.

하지만 그들은 어색한 냉기 따위는 아랑곳 않고 험악한 분위기를 이어갔다.

"가방에 꼭꼭 넣으면 다 들어가지 왜 안 들어가? 그리고 나만 좋다고 샀냐고!"

"에잇!"

구형석이 보따리를 패대기쳤다.

보따리가 바닥에 떨어지기가 무섭게 진아 엄마가 문을 쾅 닫고 들어갔다.

"야, 여행 잘하다가 왜 그래? 네가 참아, 인마."

남편이 보따리를 주워 건네며 친구를 달랬다.

“참는 것도 한계가 있지, 이래 참고 저래 참으니까 나를 아주 헐랭이 핫바지로 알아. 에휴!”

구형석이 보따리를 받아들며 한숨을 쉬었다. 그러고는 굳어 있는 고미정한테 이런 꼴 보여서 미안하다며 어정쩡한 인사치레를 했다. 고미정은 뭐가 뭔지 얼떨떨했다.

남편이 다독이자 마지못해 구형석도 방으로 들어갔다. 곧이어 방 안에서 시끄러운 소리가 몇 마디 오갔다. 남편은 여차하면 말리러 들어갈 듯 문 앞을 떠나지 못했다.

"어서 와요!"

고미정은 애같이 구는 남편을 잡아끌었다. 방으로 들어온 남편이 겉옷을 벗더니 의기양양한 말투로 한마디 던졌다.

"짜식, 마트는 무슨 마트야. 용띠 마누라랑 다낭에 왔으면 용 다리를 건넜어야지."

그러더니 밑도 끝도 없이 웃어댔다. 낄낄대는 남편이 웃겨서 고미정도 덩달아 웃음이 나왔다.

그날 밤, 고미정은 잠자리에 들 때까지 보따리를 든 구형석과 헐랭이 핫바지라는 말이 머릿속에서 자꾸만 맴돌았다.

한국으로 떠나는 날 아침이다.

"방 열쇠 반납하시고 잊으신 물건 없는지 잘 살펴보세요. 여권, 지갑 한 번씩 더 체크하시고요. 한국은 아직 쌀쌀하니까 두툼한 카디건 같은 웃옷 하나씩 따로 챙기세요."

가이드가 로비로 나오는 팀마다 일렀다.

다들 떠날 채비하느라 로비가 북적였다. 고미정도 구형석 부부와 어색하게 눈인사만 하고 몹시 바쁜 척 움직였다.

'어라?'

어제 패대기쳤던 보따리가 구형석 손에 그대로 들렸다.

'흐흣! 진짜 헐랭이 핫바지네.'

하지만 구형석은 굳은 얼굴을 하고 진아 엄마와 눈도 맞추지 않았다. 아직도 화가 단단히 난 듯 했다. 고미정은 새로운 여행지를 보는 느낌이었다. 생전 안 싸울 것 같은 집도 싸우고 사는 게 신기했다.

'저 두 사람 성깔 있네. 뭘 그깟 걸 갖고 저렇게 인상을 쓰고…. 참, 오래도 가네.'

기둥 뒤로 멀찍이 떨어져 있는 진아 엄마가 눈에 들어왔다. 고미정이 다가가 팔짱을 끼며 말을 걸었다.

"진아 엄마, 화 풀어요."

진아 엄마가 인천 공항에서 살갑게 고미정의 팔짱을 껴주었던 것처럼 진아 엄마의 기분을 풀어주고 싶었다.

"남자들은 늙어가며 왜 그러는지 몰라, 아무 때나 불뚝불뚝 성질부리고. 진아 아빤 자상한 줄만 알았는데…."

고미정이 너스레를 떨었다.

"누구든지 살아봐야 그 속을 알아요."

눈시울을 붉힌 진아 엄마가 한숨을 푹 내쉬며 대꾸했다.

"맞아요, 맞아…."

고미정이 맞장구를 쳤다.

진아 엄마는 입을 다문 채 더 이상 아무 말도 하지 않았다. 시간도 그렇고 장소도 그렇고 고미정도 더 이상 해줄 수 있는 게 없었다. 그저 진아 엄마와 함께 일행을 등지고 서 있어 주는 것뿐이었다. 잠시지만 어색하기 짝이 없었다.

돌아가는 비행기에서도 남편은 입구에서 언론사별로 챙긴 신문들만 들여다보았다.

구형석 부부를 살피던 고미정은 팔꿈치로 남편을 쿡 찌르며 물었다.

"진아 아빠 성질 장난 아니네. 저 사람들 풀리기는 하는 걸까?"

"당신이 왜 그걸 걱정해. 알아서 풀겠지."

남편은 대수롭지 않다는 듯이 친구 쪽을 한번 힐끔 보고는 신문을 접어 넘겼다.

"하긴, 살다가 한두 번 싸운 것도 아닐 테고…."

'그런데 우리랑 완전 다르네. 어떻게 풀까? 저러다 이혼한다는 건 아니겠지?'

고미정은 정말 별별 쓸데없는 생각을 다 하면서도 한편으로는 못됐는지 깨소금 맛도 났다.

'그렇게 좋다고 셀카 봉을 휘두르더라니….'

상냥하고 싹싹하던 모습은 그 마트에 다 버리고 왔는지 진아 엄마는 내내 표정이 굳어 있었다.

비행기에서 내린 일행은 빙빙 돌아가는 수화물 컨베이어벨트 앞에 섰다. 여고 동창 팀은 여전히 여고생들처럼 시시덕댔다. 고미정은 간간히 연락하는 친구들을 떠올려보았다. 더 늙기 전에 친구들과 여행 한번 가자고 얘기해볼 참이다. 생각만 해도 기분이 들떴다.

고미정은 신나는 생각을 하면서 눈길로 구형석 부부를 찾았다. 입을 꾹 다문 그들은 고미정과 정 반대편에 서 있었다.

드디어 라텍스 이불도 나왔다. 고미정이 이불을 챙겨 들자마자 남편이 서둘렀다.

"갑시다."

남편은 친구한테 손을 번쩍 들어 인사를 하고는 버릇처럼 자기 가방만 끌고서 앞장섰다.

'내 저럴 줄 알았어. 똥고집은 못 버리고 얄따란 금실만 버렸어. 뭐? 금실이 좋다고?'

고미정은 그런 남편을 쳐다보며 팔짱을 낀 채 꼼짝도 않고 서 있었다.

저만치 몇 발짝 가던 남편이 우뚝 서더니, 흠칫 놀란 표정으로 고미정을 돌아봤다.

'암, 그래야지!
후훗, 우린 용 다리를 건넌 금실이야.'

남편이 다시 다가와 라텍스 이불을 집어 들었다. 고미정은 남편과 나란히 가방을 끌었다. 콧소리가 절로 나왔다.

"여보오, 공항에서 나는 우리나라 냄새가 푸근한 게 참 좋다아. 여기 또 오고 싶어엉."

고미정은 옷깃을 살짝 여미고는 가볍게 공항 문을 나섰다. 익숙한 바람이 콧등을 쳤다.

그래도 다녀오길 잘했어…,

작가의 말

양영지

부부 동반 여행을 출발하기 전, 이번엔 절대로 남편한테 기대하지 않으리라! 나름 단단히 각오하고 떠나는데, 약간의 설렘이나 기대감이 여지없이 실망과 야속함으로 바뀔 때도 있어요. 살가운 '저들처럼' 남편과 내가 달라졌으면 좋겠다는 마음에 상처를 받기도 했고요. 내년에도 부부 동반 여행 계획이 있는데 미련하게도 또 기대하게 되네요. 이번에는 누구도 부러워하지 않는 우리 부부다운 여행을 하리라 다짐해봅니다.

이 책을 삶이라는 지도의 넓고도 긴 여행지를 함께 걷는 동반자, 남편에게 바칩니다.

마실 02

우리 부부 괜찮은가요?

초판 1쇄 펴낸날 2018년 9월 10일

글 양영지 | **그림** 이영환
펴낸이 박형만 | **펴낸곳** (주)키즈엠
주간 이지안 | **편집** 이수연, 임수현 | **디자인** 조정원
마케팅 정승모 | **제작** 김선웅, 이준호, 서승훈
출판번호 제396-2008-000013호 | **주소** 서울시 금천구 가산디지털1로 171 11층
전화 1566-1770 | **팩스** 02-3445-0353 | **홈페이지** www.kizm.co.kr

ISBN 978-89-6749-924-2 04810
978-89-6749-922-8(세트)

이 도서의 국립중앙도서관 출판예정도서목록(CIP)은 서지정보유통지원시스템 홈페이지(http://seoji.nl.go.kr)와 국가자료공동목록시스템(http://www.nl.go.kr/kolisnet)에서 이용하실 수 있습니다.
(CIP제어번호: CIP2018028313)